상상 안테나

MOSHIMO ANTENA
© Ryuta Yoshida 2018
First published in Japan in 2018 by KADOKAWA CORPORATION, Tokyo.
Korean translation rights arranged with KADOKAWA CORPORATION, Tokyo
through Danny Hong Agency.

상상 안테나

세상을 보는 것이 즐겁다!
기발한 상상력의 세상이 열린다!

경향미디어

이 책은 내가 평소 생활하며 생각했던 '만약에 이렇다면?'을 모은 책이다. 나는 무엇을 보거나 들었을 때 '만약에 물건에 감정이 있다면?', '만약에 이 대화가 이렇게 계속된다면?' 등 이런저런 상상을 한다.

늘 '만약에 이렇다면 재미있겠다.' 하고 공상의 세계에 빠진다. 머릿속에 '만약에' 안테나를 세우고 주변을 바라보면 세상이 좀더 재미있어 보인다.

나는 이 책을 '읽을수록 세상을 바라보는 시각이 더 재미있어지는 책'이 되기를 바라며 썼다. 책을 펼친 여러분도 부디 '만약에' 안테나를 세우고 주변을 살펴보길 바란다. 여러분의 눈에 비친 세상이 평소보다 조금이라도 재미있어지길 바란다.

(((●)))

차례

이 책의 약속

아래에 ◺표시가 있는 페이지는
다음 페이지와 연결해서 읽어 주세요.

회전초밥의 뱅글뱅글 머릿속

뜻밖의 헤드뱅잉

피클 빼기

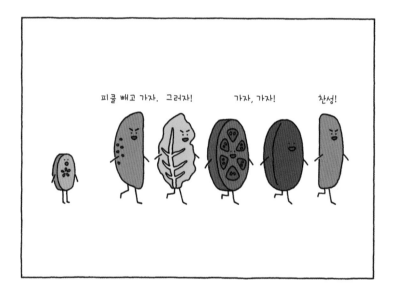

봉투

콜리플라워 되는 법

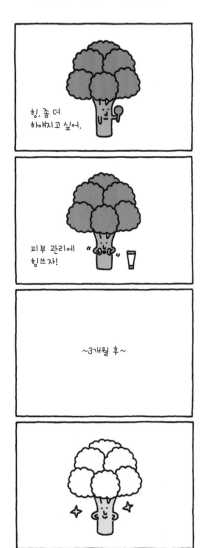

안전 확인

왼쪽 OK!

오른쪽 OK!

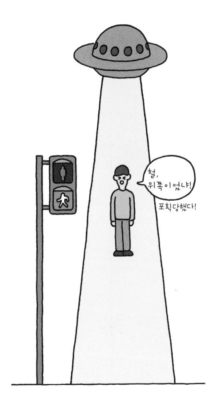

중재

시대별 마녀의 탈것

상냥한 거짓말

③ ④

창문 앞 양초

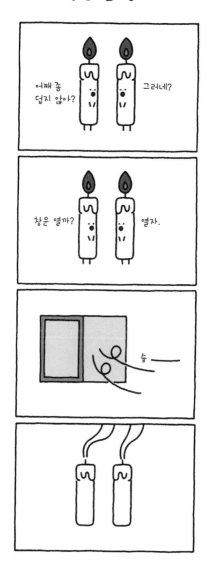

상자 속에 들어 있는 것은 무엇일까?

상자 속에 들어 있는 것은 난이구나!

*원문에서 'ナン'은 '무엇'과 '난' 두 가지로 해석이 가능하다. - 옮긴이 주

좀도둑 감시자

좀도둑 감시자의 감시자

저 여자, 좀도둑 감시자구나.

타코야키

아주 아늑한
온천탕이군.

으악!

휙휙

지글지글

전부 건너뛰는 요리방송

점점 녹다

끊어 내고, 버리고, 벗어나기

피자를 가로지르는 난쟁이

양파

불량 굴

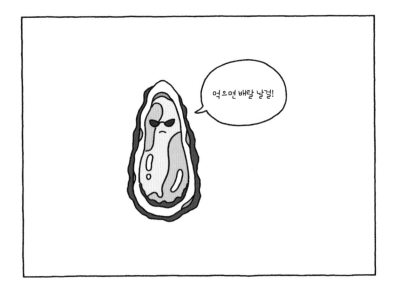

소문

사인

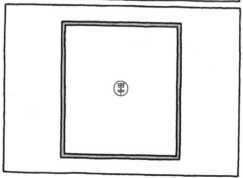

스릴 만점 콘센트 정리

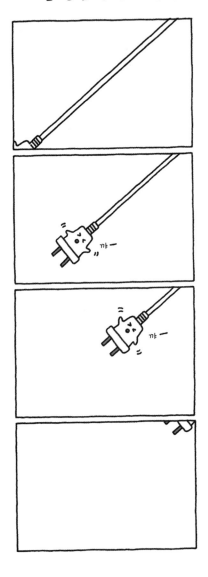

돈에 눈이 먼 사람

양에 눈이 먼 늑대

*일본 화폐단위 엔(¥)과 한자 양 양(羊)은 모양이 비슷하다. - 옮긴이 주

삼각자 술자리

평소처럼 소리를 듣는 의사

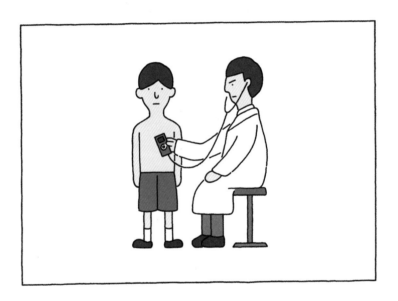

화가 난 립크림

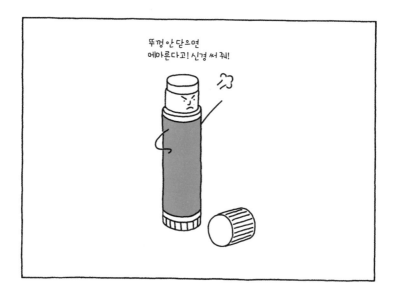

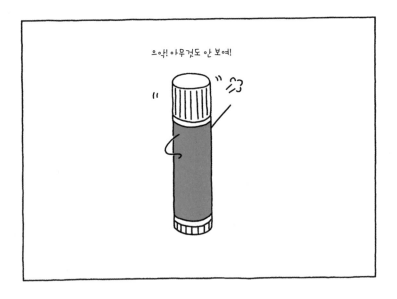

돈가스 튀김

지구와 태양

엔딩 크레디트

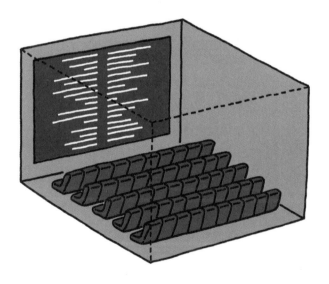

영화관에서 엔딩 크레디트를 계속 보다 보면...

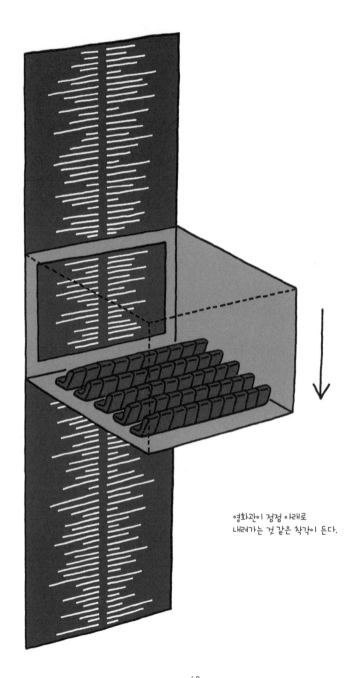

영화관이 점점 아래로
내려가는 것 같은 착각이 든다.

동료?(vol.1)

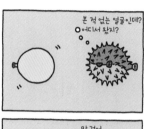

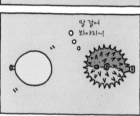

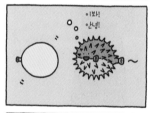

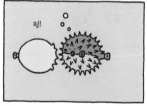

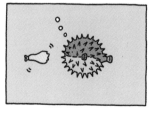

히치 하이쿠

당근과 채찍

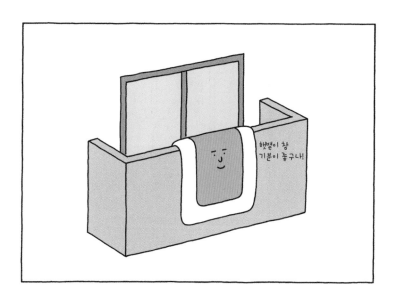

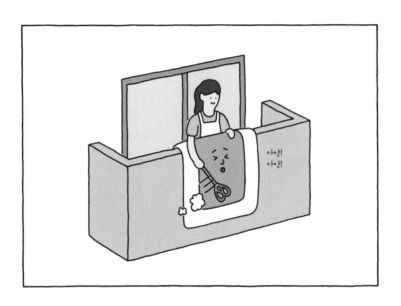

자동판매기

폭포 수행

가위바위보

엉덩방아를 찧다

복잡한 얼굴

자존심을 버린 고양이

눈물 닦아 주는 난쟁이

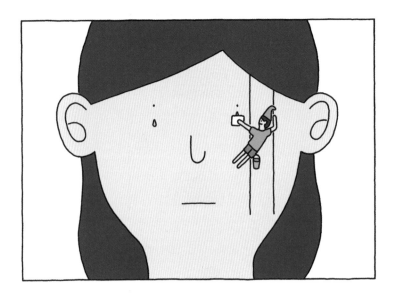

시한부 선고

촛불

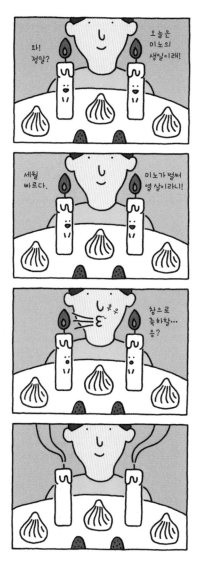

일출

개운한 땀

후, 아침부터 개운하게 땀 뺐다!

도깨비의 일

위가 부대끼다

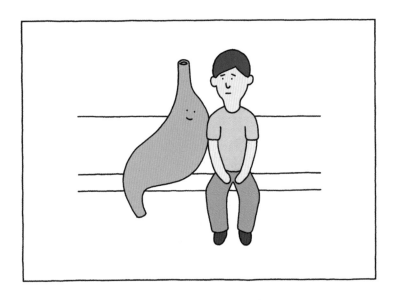

백마 탄 왕자님

기수 강도

충돌

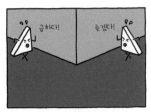

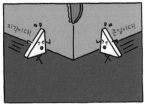

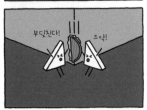

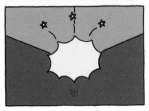

나무젓가락

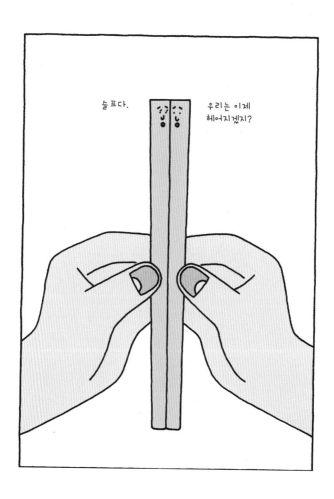

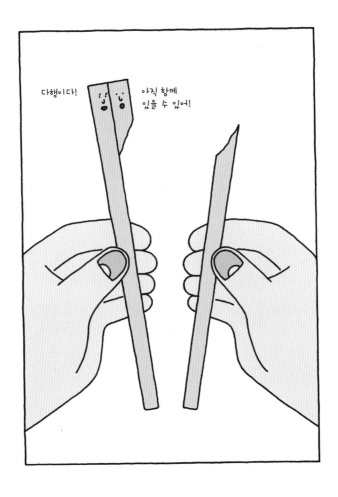

재료 찾기

자전거 잘 타는 웰시코기

신데렐라

와장창

여왕님과 고양이

SLEEP

머리 식히기

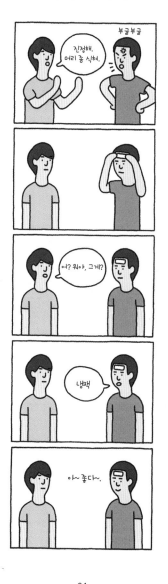

용궁의 심부름

차이다

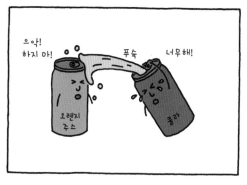

83

케이크

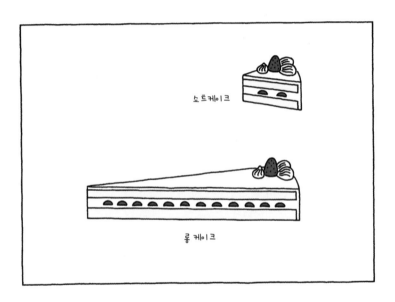

쇼트케이크

롱 케이크

거짓말

천사의 링

집안싸움

칭찬하면 성장한다

칭찬 빵

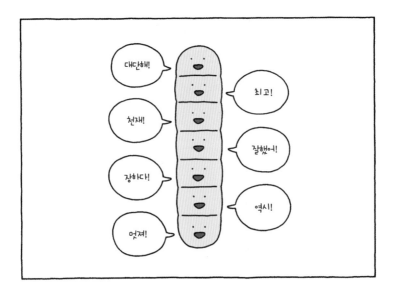

결전의 날

보다

엔터 키

진로 지도

가슴 포켓

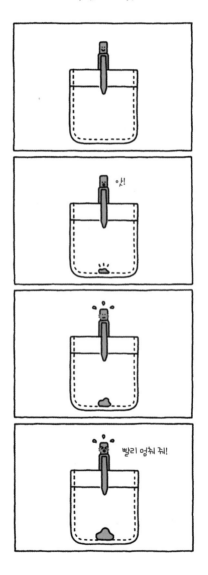

아이스커피

아이스커피는...

땀 흘리는 체질!

4컷 만화

눈이 뱅글뱅글

보더콜리

당겨서 안돼서 밀어 본 사람

가슴을 열고 이야기하다

동료?(vol.2)

질투하는 떡

핫바 도깨비

아이스 스쿱 줄넘기

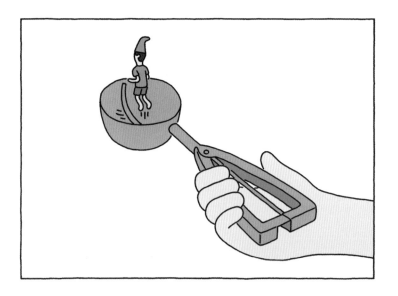

절규 머신

질질 내빼다

밥도둑

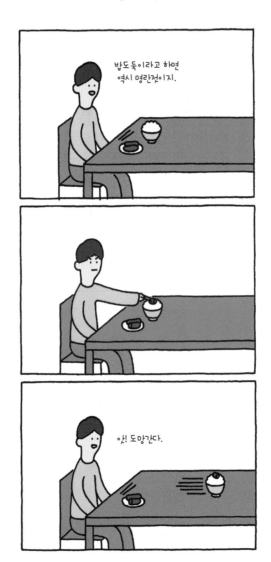

교자 군

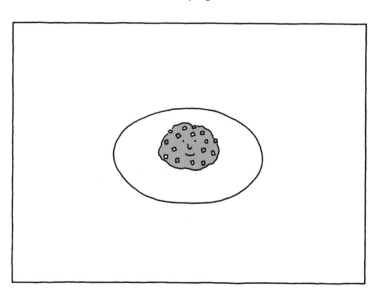

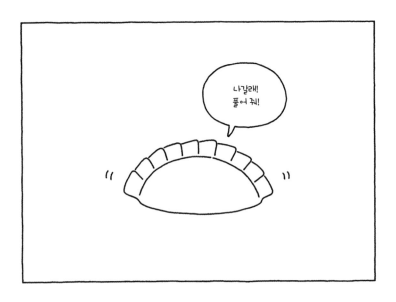

고양이 속이기

개그맨 콤비

금붕어 건지기 게임

짠돌이의 인색한 대응

단속하다

냉정 수프

화장실

마리 앙투아네트 주전자

서서 이야기하다가

펀치로 펀치

S 취향

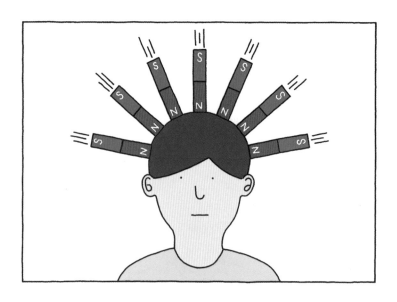

드라이

차 줄기가 서다

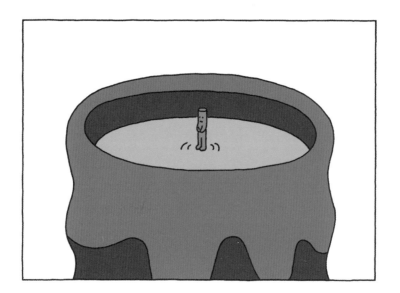

수호령

이야, 나는 수호령.
항상 뒤에서 지켜 줘야 해.

2F

1F

실례합니다.

상상 다이어리

'만약에'라는 안테나를 세우면 세상이 어떻게 보일까요?
당신의 상상 다이어리를 채워 보세요.

TITLE :

TITLE :

TITLE :

TITLE :

TITLE :

TITLE :

TITLE :

TITLE :

TITLE :

TITLE :

TITLE :

TITLE :

TITLE :

TITLE :

TITLE :

TITLE :

TITLE :

TITLE :

TITLE :

TITLE :

TITLE :

TITLE :

TITLE :

TITLE :

TITLE :

TITLE :

160

TITLE :

TITLE :

TITLE :

TITLE :

TITLE :

TITLE :

TITLE :

TITLE :

TITLE :

TITLE :

TITLE :

TITLE :

TITLE :

TITLE :

TITLE :

175

TITLE :

TITLE :

TITLE :

TITLE :

TITLE :

TITLE :

TITLE :

TITLE :

TITLE :

TITLE :

185

TITLE :

TITLE :

TITLE :

TITLE :

TITLE :

TITLE :

TITLE :

TITLE :

TITLE :

TITLE :

TITLE :

TITLE :

TITLE :

TITLE :

TITLE :

TITLE :

TITLE :

TITLE :

TITLE :

TITLE :

TITLE :

TITLE :

TITLE :

TITLE :

TITLE :

TITLE :

TITLE :

TITLE :

TITLE :

TITLE :

TITLE :

TITLE :

TITLE :

TITLE :

TITLE :

TITLE :

TITLE :

TITLE :

TITLE :

TITLE :

TITLE :

TITLE :

TITLE :

TITLE :

TITLE :

TITLE :

TITLE :

TITLE :

TITLE :

TITLE :

상상 안테나

초판 1쇄 인쇄 2019년 8월 28일
초판 1쇄 발행 2019년 9월 4일

지은이 요시다 류타
옮긴이 하진수

발행인 장상진
발행처 경향미디어
등록번호 제313-2002-477호
등록일자 2002년 1월 31일

주소 서울시 영등포구 양평동 2가 37-1번지 동아프라임밸리 507-508호
전화 1644-5613 | **팩스** 02) 304-5613

ISBN 978-89-6518-302-0 03830